AF310901

DÉFENSE DES BANNIS,

Par Mr J. J. COULMAN,

AUTEUR DE LA DÉFENSE DES VOLONTAIRES ROYAUX.

DEUXIÈME ÉDITION.

A PARIS,

Chez
{
FOULON et Compagnie, Libraires-Editeurs, rue des Francs-Bourgeois Saint-Michel, n° 3;
A. EYMERY, rue Mazarine, n° 3o, F. S. G.;
DELAUNAY, au Palais-Royal.

1818.

De l'Imprimerie de PLASSAN, rue de Vaugirard, n° 15.

DEFENSE DES BANNIS.

Ah ! des champs paternels quand le sort les exile ,
Muse, à ces malheureux nous devons un asile :
Viens donc à la pitié prêter encor ta voix ;
Attendris les sujets ; intéresse les Rois ;
Que de les accueillir chacun brigue là gloire ,
Raconte de leurs maux l'attendrissante histoire ;
Dis combien du malheur les titres sont sacrés ;
Qu'ils trouvent sous leurs pas tous les cœurs préparés.
Et c'est à vous d'abord, à vous que je m'adresse,
Français, jadis en proie à la même détresse.

PITIÉ, *Chant IV*.

La France, naguère accablée sous le poids de ses malheurs, relève sa tête abattue, l'espoir est rentré dans son sein, la liberté a ranimé son courage, les flots de ses ennemis sont prêts à se retirer de son territoire ; l'avenir lui promet encore des jours d'indépendance et de gloire. L'union, cette force des Etats, exilée loin de nous, reparaît à la voix du Gouvernement, qui l'invoque ; à la voix de la patrie, qui ne saurait exister sans son secours. Le vieux défenseur de la royauté tend une main amie au guerrier blanchi sous les armes nationales ; naguère il a trouvé en lui un adversaire puissant et généreux dans l'asile où ses bataillons triomphans avaient pénétré ; aujourd'hui, réunis sur la terre commune, comment pourrait-il ne pas lui pardonner d'avoir suivi une bannière différente, quand il hérite de sa gloire ? Les haines s'abjurent, les préjugés s'affaiblissent, des malheurs partagés resserrent le lien social, et bientôt les enfans du même sol marcheront sous le même étendard. Mais quand la patrie se réjouit de cet accord généreux, de cette réconciliation nationale, ne doit-elle pas jeter des regards d'intérêt et de compassion sur les victimes de nos discordes civiles, sur ces malheureux citoyens condamnés sans avoir été entendus, et proscrits sans jugement? Arbitrairement placés sur une table d'exil, par un ministre dont l'arrêt a suivi de près le leur, ils sont bannis du pays qu'ils ont servi ou défendu pendant vingt ans; le retour de la paix est pour eux le signal de la guerre; la garantie accordée à tous se change, à leur égard, en un acharnement cruel; la Charte abolit les priviléges, on en crée pour assurer leur perte.

« Eh bien! au moins la persécution est-elle finie? Au moins ne reste-t-il plus rien de commun entre « leurs persécuteurs et eux? Non, ils n'ont pas encore « lâché prise; leurs décrets leur ont fermé la France, « voilà que leurs traités les chassent des pays étran- « gers. Jadis un noble vainqueur, donnant la paix à « une république barbare, lui défendit, pour première « condition, *d'immoler à l'avenir des victimes* « *humaines*; eux le prescrivent non-seulement à « leurs vaincus, mais à leurs alliés. Le peuple même « qui a pu rester neutre dans leurs guerres, ne peut « pas l'être dans leurs haines. Le souverain contre le- « quel ils ont prétendu lever l'étendard de la liberté, « ils le forcent par le glaive à être despote, à violer « l'hospitalité (1), à ordonner des bannissemens arbi-

----

(1) Mais je suis malheureux, innocent, étranger;
Si le Ciel t'a fait Roi, c'est pour me protéger.
Voltaire.

« traires qui équivalent à un arrêt de mort. Ainsi,
« dans l'exil le plus lointain , ils ne sont pas encore à
« l'abri de leurs coups; ainsi, même en pouvant les
« oublier, ils ne peuvent parvenir à être oubliés d'eux;
« ainsi, ou cette patrie, qui est toujours la leur, les rap-
« pellera dans son sein; ou, tant que le néant de la
« mort ne les aura pas délivrés de la douleur, ils ne
« leur laisseront pas même la paix anticipée des tom-
« beaux ? » (1)

C'est ainsi que s'exprimait, il y a vingt ans, un des
plus éloquens défenseurs de l'humanité , immortel
par sa piété filiale , noble sujet et noble citoyen, dans
une cause dont les destins ont changé la face, mais
dont je ne veux comparer que les malheurs avec ceux
qui se reproduisent aujourd'hui, pour d'autres Français, avec une effrayante analogie.

Puissent mes accens parvenir jusqu'au trône du fils
du magnanime Henri ! puissent-ils convaincre et tou-
cher son cœur ! Ah ! celui qui, pendant vingt ans, a
langui loin de sa patrie, doit savoir apprécier les douleurs de l'exil.

> *Me quoque per multos similis fortuna labores*
> *Jactatam hac demum voluit consistere terrâ,*
> *Non ignara mali, miseris succurrere disco.*
>
> Virg.

Mais déjà j'entends s'élever contre moi des voix tu-
multueuses, qui me reprochent de flatter l'infortune
aux dépens de la puissance; pour répondre à cette in-

---

(1) Lalli-Tollendal *Défense des Emigrés.*

culpation d'une faute assez rare pour m'être pardonnée,
si j'y tombais, je vais essayer de tracer une rapide esquisse des événemens qui ont amené les malheurs que
je déplore. Je l'ai tracée cette esquisse, il y a trois ans;
j'ai rendu justice au Roi et à ses défenseurs; à une
époque où le dévouement était dans le silence et la
fidélité dans l'inaction; la justice et la vérité n'ont pas
perdu leurs droits sur moi. Après avoir examiné les
causes, je dirai les effets. Je me ferai juge, à mon
tour, des prévenus; et pourquoi ne le serais-je pas?
Je n'ai pas été, dans leur cause, à-la-fois accusateur,
partie et bourreau. Je raisonnerai dans l'hypothèse de
leur culpabilité, et je prouverai que, même dans ce
cas, la clémence serait politique, quand elle ne serait
pas noble, royale, nationale dans les autres.

C'est aujourd'hui un fait bien constaté, qu'il n'y a
pas eu de conspiration pour rappeler Napoléon de
l'île d'Elbe. Que les partis s'expliquent à leur gré cette
révolution, unique dans les fastes de l'histoire, cette
sédition rapide et contagieuse, qui a renversé de son
trône un monarque qui avait fait beaucoup pour la liberté publique; je me contenterai d'insister sur cette
seule considération, qu'il a été impossible de prouver
qu'il y ait eu en France un seul individu qui ait tramé
dans l'ombre le renversement de l'autorité royale. Malgré les recherches les plus étendues et les plus mi-
nutieuses, on n'a rien pu découvrir de tout ce qui
caractérise une conjuration, *la préméditation, le*
mystère, des menées qui aient préparé le débarque-
ment, écarté la résistance, ébranlé la fidélité, sou-
doyé la défection.

Tout a été entraînement, contagion, égarement. Napoléon était encore environné de cette vapeur magique qui enivrait tout autour de lui. Aux yeux de la multitude, le malheur l'avait absous de ses fautes. Là générosité française, si long-temps appelée sur sa tête par toutes les forces physiques et morales, avait repris son empire dans les dangers qui menaçaient son exil. L'orgueil national, pendant dix ans associé à son sort, et respectable même dans ses erreurs, troubla les esprits, fit illusion sur le devoir. Le soldat, habitué à vaincre et non pas à juger, déposa les armes devant son général; l'administrateur, comblé des bienfaits de son ancien maître, écouta la voix de la reconnaissance, croyant écouter celle de la patrie; le prêtre fit entendre sa prière pour celui qui avait relevé les autels; les sentimens les plus généreux trompèrent les cœurs, le délire prit la place de la raison, et fit, aux yeux de beaucoup, les droits du déchu.

Le gouvernement du Roi n'avait pas encore repris racine dans les cœurs; le malheur avait à son égard rendu injuste, et les fautes inséparables d'une autorité nouvelle avaient refroidi les uns, inquiété les autres, mécontenté la masse active et forte de la nation (1). *Les remèdes sont plus lents que les maux*, a dit Tacite; la patrie saignait encore des blessures qu'une immense invasion lui avait faites. Le Roi, que, par une

---

(1) Mon gouvernement devait faire des fautes, peut-être en a-t-il fait. Il est des temps où les intentions les plus droites ne suffisent pas pour nous diriger, où quelquefois même elles égarent.

Proclamation du Roi à Cambrai.

exception qui lui sera éternellement glorieuse, aucune voix n'avait accusé des erreurs de ses ministres, se trouva enveloppé dans les vengeances de l'humiliation nationale; mais, respectant ses vertus, plaignant son sort, les rebelles mêmes baissèrent devant lui la pointe de leurs armes; aucun bras téméraire ne se leva contre le royal vieillard, que tous ont protégé si tous ne l'ont pas défendu; et, s'il eut à combattre pour la couronne, il n'eut pas à combattre pour sa vie, en cela plus heureux que son immortel aïeul. Les regrets des uns, les vains efforts des autres, l'intérêt de tous, l'accompagnèrent à la terre étrangère. L'étendard des lis flottait encore dans quelques provinces du Midi, sous un prince qui avait plus consulté son courage que ses forces; mais cette glorieuse résistance, sans offrir d'espoir à la cause royale, faisait couler le sang français. Le plus grand des fléaux, la guerre civile, nous menaçait; n'excusera-t-on pas ceux qu'une pareille considération fit marcher contre ce fils de France, qui, généreux comme le sont les braves, demande aujourd'hui lui-même *union*, et *oubli*?

La révolution est consommée : ici la scène change de face. De fragiles vertus ont été ébranlées, l'exaltation de l'honneur a emporté au-delà des bornes légitimes, les chimères de la gloire ont séduit des imaginations mobiles et vives, la trahison trouve son excuse dans les plus nobles illusions; mais bientôt les circonstances deviennent telles que le dévouement le plus absolu au souverain détrôné, hésite; que la fidélité la plus inébranlable, pour ne pas ressembler à la lâcheté, paraît s'accorder avec la défense de la patrie, dont le salut est la suprême loi. Sous Cromwell, l'amiral Blake, et sa conduite a eu les suffrages de la postérité, répétait à ses marins : *C'est notre devoir de combattre pour la patrie, en quelques mains que le gouvernement puisse tomber.*

L'Europe menaçante s'avance, malgré les protestations de paix du soldat-couronné, cette fois d'accord avec son intérêt, ou instruit par les leçons de l'infortune, Fallait-il, parce que la France avait eu le malheur de recevoir Napoléon dans son sein, la laisser en proie à tous les fléaux qui devaient à sa suite fondre sur elle : fallait-il imiter ces Ottomans qui, dans leur stupide dévotion, laissent tranquillement se propager les ravages d'un incendie? Non, je le dirai avec franchise, j'ai désiré que nos armées fussent triomphantes. Je n'en ai point cru les promesses de ces prétendus alliés de notre Roi, qui nous prouveront s'ils voulaient nous endormir pour nous perdre, et nous désarmer pour nous égorger sans résistance. Mes vœux ont accompagné nos aigles ; je haïssais le chef, mais je priais pour les soldats.

Quels sont les Français qui n'ont point versé de larmes à cette auguste et déplorable journée, où nos braves sont tombés sous le fer ennemi en immortalisant la plus glorieuse des défaites? Un cri d'admiration a retenti d'un bout de l'Europe à l'autre, et dans la patrie une ame aurait pu rester insensible à tant d'héroïsme et de malheur? Où est celui qui a pu proposer de décimer une armée dont la mort avait éclairci les rangs sans les rompre ; qui, debout, et après avoir été abandonnée de la victoire et de son chef, a présenté à l'Europe entière ses menaçans débris? Quand la coalition a exigé, pour première condition du funeste traité qu'elle nous a imposé, qu'on arrachât les armes à ces vétérans qui n'ont jamais su que vaincre ou mourir, c'était un hommage immortel qu'elle rendait à leur valeur. L'ennemi les menace, la vengeance fait bouillonner leur sang, d'ingrats concitoyens les calomnient, et ils ne répondent à tant de provocations que par la résignation, plus héroïque que leurs triomphes. Ils déposent leurs glaives à la voix du Roi, autour duquel vient se grouper tout ce qui reste d'espérances patriotiques et de sentiment national, éprouvant pour lui non-seulement ce respect qu'on doit à la puissance suprême, mais se confiant en lui comme Français.

Ah! qu'un prince de la famille royale n'est-il venu se mettre à la tête de cette armée si calomniée! l'amour de la patrie eût formé entre elle et lui d'indissolubles nœuds. Ralliées à son panache blanc, les légions de la Loire et celles de la Vendée auraient rivalisé de dévouement et de fidélité.

> On y vit ces héros, fiers soutiens de la France,
> Divisés par leur secte, unis par leur vengeance.
>
> Voir. *Henriade.*

Tout prétexte aurait été enlevé à ces ardens amis de la patrie, qui ne repoussaient les Bourbons que comme alliés de l'étranger, quoique, dans une solennelle proclamation, le Roi eût déclaré *qu'il n'avait permis à aucun prince de sa famille de paraître dans leurs rangs, se plaçant, pour adoucir les maux qu'il avait voulu prévenir, entre leurs armées et les Français égarés.*

Mais considérant le Roi comme représentant de la Nation, l'identifiant avec ses intérêts, avec sa gloire, inséparable de son indépendance, il doit, par une magnanime abnégation de soi-même, des récompenses à ceux qui ont servi l'Etat pendant son absence; aux administrateurs qui ont fait régner l'ordre et les lois dans les provinces; aux juges qui les ont fait respecter ; aux guerriers qui ont défendu l'honneur de nos armes et l'intégrité de notre territoire.

Et je n'adopterai pas ici ce timide langage qu'ont parlé les ressentimens et la lâche flatterie. Du jour où le Roi s'est éloigné de nous, l'obéissance à la force ne pouvait plus être regardée comme un crime à son égard. Son gouvernement était muet, aucun ordre ne pouvait plus nous parvenir; et dès-lors les actions ne peuvent plus être jugées que par rapport aux lois et à l'autorité qui en requérait l'exécution; car, un noble pair l'a dit :

« Les juges sont-ils en état de forfaiture pour avoir « rendu des arrêts?

« Les prisons sont-elles devenues des chartes privées?

« Les contribuables sont-ils en droit de poursuivre « les agens du fisc comme voleurs?

« Quiconque aurait opposé sa signature à un acte « public serait un faussaire.

« Une nation tout entière ne saurait être am- « nistiée, et certes tout entière elle a contribué, au

« moins indirectement, à sa propre défense (1), etc. »

Ce n'est donc qu'*aux auteurs et instigateurs de la trame horrible,* que l'amnistie pouvait s'adresser; mais nous avons prouvé qu'il n'y avait pas eu de conspiration; ceux désignés par ces paroles ont été livrés aux tribunaux; des soupçons ont pesé sur eux, la justice a été satisfaite ; les uns ont payé de leur tête leur rebellion, et leur culpabilité est dans la conscience de leurs juges; les autres ont été acquittés, leur innocence est sous la même sauve-garde.

Ici tout est légal, tout est régulier; le Roi, au nom de la société, non pas au sien (la vengeance ne saurait approcher de son cœur royal), défère aux tribunaux les délits qui ont été commis, requiert la punition des coupables; les impassibles organes de la justice appliquent les lois, et laissent couler leurs larmes, comme le reste de la France, sur des tombes couvertes de tant de lauriers. Nul ne signe un arrêt, sans songer qu'il frappe un crime de circonstance, un crime dont il eût peut-être été complice, si le succès l'avait justifié. Ah ! pourquoi les hommes d'état ne sauraient-ils voir dans les révolutions, comme les hommes privés, que des vainqueurs et des vaincus? pourquoi la clémence et le respect au malheur sont-ils impolitiques?

Il ne le pensait pas, ce législateur qui gouverne encore l'Europe par la seule puissance de son génie, lorsqu'il disait : « Les monarques ont tant à gagner « par la clémence, elle est suivie de tant d'amour,

---

(1) Opinion du duc de Broglie sur la loi d'amnistie.

(15)

« ils en tirent tant de gloire, que c'est presque tou-
« jours un bonheur pour eux d'avoir l'occasion de
« l'exercer, et on le peut presque toujours dans nos
« contrées (1) ».

Le cardinal Mazarin faisait remarquer à don Louis
de Haro, premier ministre d'Espagne, que c'était
cette conduite de bonté et de douceur qui faisait qu'en
France les troubles et les révoltes n'avaient point de
suites funestes, *et que jusques-là* elles n'avaient pas
encore fait perdre un pouce de terre au roi ; au lieu
que la sévérité intraitable des Espagnols faisait que
les sujets qui avaient une fois levé le masque, ne
retournaient jamais à l'obéissance que par la force,
« ainsi qu'il paraît assez, dit-il, par l'exemple des Hol-
« landais, qui sont possesseurs de plusieurs provin-
« ces qui étaient le patrimoine des rois d'Espagne,
« il n'y a pas encore un siècle. »

Nous voyons dans l'histoire une multitude de prin-
ces qui ont perdu leurs couronnes par trop de rigueur (2); je n'en connais point à qui la clémence
n'ait été propice, et je ne crains pas d'invoquer ici

---

(1) MONTESQUIEU, *Esprit des Lois.*

(2) Ouvrons du monde entier les annales fidèles ;
    Voyons-y les tyrans, ils sont tous malheureux ;
    Les foudres qu'ils portaient dans leurs mains criminelles
        Sont retombés sur eux.
    Ils sont morts dans l'opprobre, ils sont morts dans la rage ;
    Mais Antonin, Trajan, Marc-Aurèle, Titus,
    Ont eu des jours sereins, sans nuit et sans orage,
        Purs comme leurs vertus.

            VOLT. *Ode au Roi de Prusse.*

même l'exemple du plus grand de nos rois à mon avis, de l'infortuné Louis XVI, à qui j'aime à conserver le glorieux titre de restaurateur de la liberté. Je ne crois pas que la sévérité l'eût maintenu sur son trône chancelant; car telle était la force des circonstances, telle était la rapidité du torrent, que toute digue eût été vaine, toute résistance inutile, et que la sévérité eût peut-être ajouté encore aux malheurs qui nous ont accablés. Mais que j'aime en une semblable occasion les sentimens de Henri-le-Grand nourrissant ses sujets rebelles; sentimens que Voltaire a exprimés dans de si beaux vers :

> Dût-il de mes bienfaits s'armer contre moi-même ;
> Dussé-je, en le servant, perdre mon diadême ;
> Qu'il vive, je le veux, il n'importe à quel prix ;
> Sauvons-le, malgré lui, de ses vrais ennemis ;
> Et si trop de pitié me coûte mon empire,
> Que du moins sur ma tombe un jour on puisse lire :
> « Henri, de ses sujets ennemi généreux,
> « Aima mieux les sauver que de régner sur eux. »

L'intérêt public a paru demander ces holocaustes ; les rois coalisés, au nom de la tranquillité de l'Europe, ont exigé la punition des coupables. Heureuses victimes si, après avoir versé si souvent leur sang pour la patrie, il a coulé tout entier pour en adoucir les maux et pour en briser les fers !

Mais quel est l'intérêt puissant qui a pu motiver la violation des lois? en peut-il être d'assez grand pour la justifier? je ne le crois point. *Il est facile et terrible d'abuser de la loi du salut public,* a-t-on dit ; j'ajouterai : qu'en user c'est déjà en abuser. La première des lois est de respecter les lois. Le plus puis-

sant intérêt du chef d'un état est de veiller à leur observa-
tion ; sur elles est fondée toute son autorité. Se mettre
au-dessus d'elles, c'est renoncer à tous leurs avantages.

« Veut-on trouver des exemples de la protection
« que l'état doit à ses membres et du respect qu'il
« doit à leurs personnes, ce n'est que chez les plus
« illustres et les plus courageuses nations de la terre
« qu'il faut les chercher, et il n'y a guère que chez
« les peuples libres où l'on sache ce que vaut un
« homme. A Sparte on sait dans quelle perplexité
« se trouvait toute la république lorsqu'il était ques-
« tion de punir un citoyen coupable. En Macédoine
« la vie d'un homme (1) était une affaire si impor-
« tante que, dans toute la grandeur d'Alexandre,
« ce puissant monarque n'eût osé de sang-froid faire
» mourir un Macédonien criminel, que l'accusé n'eût
« comparu pour se défendre devant ses concitoyens.
« Mais les Romains se distinguèrent au-dessus des
« peuples de toute la terre, par les égards du Gou-
« vernement pour les particuliers, et par son atten-
« tion scrupuleuse à respecter les droits inviolables
« de tous les membres de l'état. » (2)

Et, comme le remarque Montesquieu, « dans les
« états monarchiques, le prince est la partie qui
« poursuit les accusés et les fait punir ou absoudre ;
« s'il siégeait lui-même, il serait le juge et la partie.
« De plus, il perdrait le plus bel attribut de la

____

(1) L'exil hors d'une patrie comme la France est, si j'ose m'ex-
primer ainsi, la mort même avec la vie.

(2) Rousseau, *Economie politique.*

« souveraineté qui est celui de faire grâce : il serait
« insensé qu'il défît les jugemens, il ne voudrait pas
« être en contradiction avec lui-même (1). »

Platon ne pense pas que les Rois qui sont, dit-il,
prêtres, puissent assister au jugement où l'on condamne à la mort, à l'exil, à la prison.

Lorsque Louis XIII voulut être juge dans le procès
du duc de la Valette, et qu'il appela pour cela dans
son cabinet quelques officiers du parlement, et quelques conseillers d'état, le Roi les ayant forcés d'opiner sur le décret de prise de corps, le président de
Bélièvre dit : « Qu'il voyait dans cette affaire une
« chose étrange, un prince opiner au procès d'un de
« ses sujets ; que les Rois ne s'étaient réservé que les
« grâces, et qu'ils renvoyaient les condamnations vers
« leurs officiers. Et Votre Majesté voudrait bien voir
« sur la selette un homme devant elle, qui par son
« jugement irait dans une heure à la mort ! Que la face
« du prince qui porte les grâces, ne peut soutenir cela,
« que sa vue seule levait les interdits des églises ; qu'on
« ne devait sortir que content devant le prince. »

Or un exil par ordonnance est un jugement arbitraire, un jugement du prince. Il est vrai que, dans
la circonstance qui m'occupe, on a voulu y faire con-
courir les représentans de la Nation ; mais c'était tour-
ner dans le cercle vicieux de l'illégal (2). Ceux qui

---

(1) *Esprit des Lois.*

(2) Les lois seules ont le pouvoir de condamner ou d'absoudre,
et le corps qui les sanctionne doit attendre leur jugement.

FONTANES, *Discours.*

font les lois ne sauraient les appliquer ; et cette amnistie, que la généreuse modération du Monarque a proposée, au lieu d'y mettre un terme, a aggravé le malheur des Français placés sur la seconde liste. En effet, l'ordonnance du 24 juillet porte que les trente-huit resteront sous la surveillance de la police générale, en attendant que les Chambres statuent sur ceux d'entr'eux qui devront sortir du royaume, ou être livrés à la poursuite des tribunaux ; et l'amnistie du.... décembre 1815 les condamne en masse au bannissement, et leur enlève ainsi un droit que l'ordonnance leur avait reconnu.

Or il en est peu qui n'ait réclamé le bienfait d'un jugement, qui n'ait présenté sa tête au glaive des lois, à une époque où les tribunaux n'ont pas été accusés d'indulgence pour les crimes de cette nature. Est-ce une clémence bien généreuse que celle qui se refuse à une demande aussi légitime, et frappe les uns sans appel, sous le prétexte d'épargner les autres ?

> . . . . *En quo discordia cives*
> *Perduxit miseros !*

Mais il a fallu de puissans motifs pour un pareil coup d'état, à un prince qui trouve sa principale force dans l'ordre et la légitimité. La proclamation de Sa Majesté semble nous les révéler : *Je ne veux exclure de ma présence que ces hommes dont la renommée est un sujet de douleur pour la France et d'effroi pour l'Europe.*

Que cette accusation est grave ! que le sens de ces paroles est vaste ! C'est comme les représentans de

nos crimes que nos malheureux concitoyens vont er-
rer sur la terre étrangère. Qui voudra les accueillir?
qui leur donnera un asile, après cette excommunica-
tion politique? *L'effroi de l'Europe, la douleur de
la France ;....* et c'est leur complice qui les a nommés
au Monarque qu'ont dû assaillir toutes les lumières!
Aussi vous les voyez repoussés de tous les rivages; et,
plus à plaindre que les compagnons du fugitif Enée,
ils n'ont pu se dire :

> *Quod genus hoc hominum, quæve hunc tam barbara terra
> Permittit patria, hospitio prohibemur arenæ,
> Bella cient, primâque vetant consistere terrâ,
> Si genus humanum et mortalia temnitis arma;
> At sperate deos, memori fandi atque nefandi.*

Virg. Enéide.

On leur a fait boire le calice de la proscription jusqu'à la lie, et cependant la source de leurs malheurs
est impure et suspecte; parmi ces trente-huit Français,
l'effroi de l'Europe, il y a des noms qu'elle entend
pour la première fois, des noms qui sont inconnus,
même en France, et qu'on ne peut punir d'aucune
célébrité. Cette liste de coupables obligée n'aurait-
elle pas été plutôt faite dans les bureaux de la police,
au milieu des agitations de l'intrigue, des préventions
de la haine ou de la faveur, motivée par les calculs
d'un vil intérêt, ou peut-être par des vengeances su-
balternes? n'y aurait-il pas, entre les bannis, quel-
qu'un dont on ne pourrait justifier l'exil que par la
réponse du paysan d'Aristide? Ni la connaissance de
l'accusation, ni la publicité de l'examen, ni la pudeur
des juges, n'ont pu préserver l'innocence.

Il n'est pas un homme un tant soit peu au fait des événemens qui n'eût eu à placer au ban de l'ostracisme mille citoyens plus dangereux que ceux qui s'y trouvent, et peut-être des milliers, avant quelques-uns d'entre eux.

J'ai parlé *d'ostracisme*, et ce mot rappelle le dangereux remède qu'employaient quelques turbulentes démocraties de la Grèce contre les citoyens dont elles craignaient la trop grande puissance ou dont les rivalités blessaient la tranquillité de l'état. Mais on sait quels en furent les résultats : le pire était de changer en levier de la tyrannie cette arme de la liberté.

L'exemple né saurait d'ailleurs être d'aucune autorité ; pour proscrire un citoyen d'Athènes il fallait une délibération du peuple, et six mille voix au moins pour le condamner, et cependant Aristide, Cimon, Thucidide, l'ont été.

A Syracuse le pétalisme, qui n'était qu'un ostracisme plus rigoureux, parut si dur que la plupart des citoyens de Syracuse prenaient le parti de la fuite aussitôt qu'ils craignaient que leur mérite ou leurs richesses ne fissent ombrage à leurs concitoyens. Par-là, la république se trouvait privée de ses membres les plus utiles. On ne tarda pas à s'apercevoir de ces inconvéniens, et le peuple fut obligé lui-même d'abolir une loi si funeste à la société.

Cette proscription de citoyen à citoyen avait pour limites celles du territoire : innocentes ou coupables, les victimes de l'ostracisme trouvaient un asile chez les despotes de l'Asie, comme chez les rois de Macédoine. Aucune alliance n'imposait la loi de violer les lois saintes de l'humanité. Dans le culte des idolâtres même, l'hospitalité était la première dés vertus, et le père des Dieux, protecteur et vengeur de l'hospitalité, avait été honoré de ce beau nom, magnifique attribut de la puissance suprême, *Jupiter hospitalier*. Nœuds tendres et touchans qui liaient entre eux tous les peuples! *C'était un sacrilége chez les Germains*, dit Tacite, *de fermer sa porte à quelque homme que ce fût, connu ou inconnu*.

Qu'il me soit permis d'examiner quels sont individuellement pour chaque banni les crimes qui ont provoqué de pareilles mesures, quels sont les hommes contre qui on a formé en quelque sorte ce redoutable cordon, dont les annales de l'histoire n'offrent point d'exemple.

Le premier sur la fatale liste est un guerrier, fils aîné de la victoire, que la révolution a trouvé dans les camps, et qui a successivement enlevé tous ses grades à la pointe de l'épée. On répugne à croire à la trahison d'un soldat. Ce n'est point sous la tente qu'on apprend à conspirer, et si l'honneur était banni de la terre on le retrouverait dans le cœur d'un militaire français.

M. le maréchal Soult avait eu le bonheur de cueillir les derniers lauriers qui aient germé pour la France, avant la paix de 1814, et la confiance du Roi l'avait élevé au ministère de la guerre.

Le succès de l'invasion de Bonaparte le fit accuser de l'avoir favorisée, et cependant l'état des garnisons dans tout le royaume se trouvait précisément le même au 1er mars qu'au moment de son entrée au ministère. Les premières troupes placées sur le passage du conquérant, étaient celles d'Antibes ; aucun des militaires employés dans le département du Var ne se rangea sous ses drapeaux ; et au chef-lieu des Basses-Alpes commandait le général Loverdo.

Un corps nombreux se dirigeait, il est vrai, sur Grenoble ; mais c'est une mesure diplomatique demandée par le prince de Talleyrand, et ordonnée par le Roi.

Enfin, au premier bruit des vagues soupçons qui s'élevaient sur son compte, et qui, dans un pareil moment, devaient paralyser toutes ses mesures, le duc de Dalmatie offre sa démission au Roi, vient lui remettre son épée, et Sa Majesté daigne lui écrire de sa propre main :

Paris, le 15 mars 1815.

« Mon cousin, je vous fais cette lettre pour vous dire que j'ai reçu celle que vous m'avez adressée, et où je n'ai pu voir sans peine l'effet des rumeurs calomnieuses répandues à votre sujet. Elles ne m'empêcheront pas de rendre toujours justice à votre honneur et à votre fidélité, ni de vous donner de nouvelles preuves de la bienveillance que je vous porte. Sur quoi je prie Dieu qu'il vous ait, mon cousin, en sa sainte et digne garde. »

Signé LOUIS.

Ses crimes ne sauraient donc dater que de l'époque où il prit du service dans l'interrègne ; mais Bonaparte ne l'a fait appeler auprès de lui que le 26 mars. Aucune faveur, aucune dignité, n'a récompensé la pré-

tendue trahison d'un homme que ses immenses services, que sa réputation, que sa connaissance des
affaires, auraient, dans ce cas, fait appeler sans délai
parmi ces courtisans nombreux qui

> . . . . S'empressaient ardemment
> A qui dévorerait ce règne d'un moment (1).

Un maréchal de France, investi de la confiance du
Roi, ministre de la guerre, aurait conspiré contre son
bienfaiteur, pour devenir major-général d'une armée
dont l'existence était menacée par l'Europe entière!
Tout ici révolte la raison, l'honneur, la vérité. Non,
croyons-en le duc de Dalmatie quand il nous dit, avec
l'éloquence de la loyauté :

« Mon cœur peut m'avoir trompé ; mais il me disait
« qu'un maréchal de France ne pouvait laisser son
« épée dans le fourreau, lorsque l'armée entière pre-
« nait les armes pour la défense de la patrie. »

Mais ce qui doit le justifier même devant l'esprit
de parti le plus prévenu, ce qui aurait dû éloigner
de lui jusqu'au soupçon, c'est que dans les circonstances les plus décisives, à une époque où l'on regar-
dait la couronne de France comme vacante, il a
proclamé les droits des Bourbons, au milieu de la
Chambre des pairs, dans le sein de la commission du
Gouvernement provisoire, en présence de tous les
généraux de l'armée réunis pour délibérer sur la
défense de Paris.

Ce n'est point là le langage d'un homme qui a une
trahison à se reprocher ; et quand la commission du

---

(1) CORNEILLE.

Gouvernement lui envoya sa démission, ce n'était point de repousser les Bourbons qu'on l'accusait.

Moins heureux que lui, le général Alix a été entraîné sous les drapeaux de Bonaparte même avant qu'il entrât à Paris. Les périls mêmes de la rebellion semblent avoir séduit son courage. Il n'a pu entendre de sang-froid les mots de liberté, d'indépendance et de patrie. La vue des aigles qu'il avait dotées de sa propre gloire a enivré son cœur. Toute la puissance des souvenirs est venue se joindre au danger de l'exemple et aux exhortations de ses frères d'armes. Il a succombé sous le poids de tous les sentimens habilement réveillés dans son cœur. Quelle stoïque vertu peut se flatter d'être restée inébranlable dans de si longues et de si terribles épreuves, et d'avoir suivi la voie droite au milieu de la tempête ? « Des vues différentes et des opinions opposées avaient divisé les citoyens, et ce n'étaient pas seulement les prétentions et les affections diverses qui se combattaient : plusieurs étaient incertains de ce qui était le plus juste, plusieurs même de ce qui était le plus sûr, d'autres de ce que l'honneur exigeait d'eux, quelques-uns de ce qui était libre et permis. »   (CICÉRON, *pour Marcellus.*)

« C'était une dissension et non une guerre ; des citoyens opposés de sentimens, non des ennemis animés par la haine ; les uns et les autres voulant sincèrement le salut de l'état, mais se trompant sur ses vrais intérêts ; les uns par défaut de lumières, les autres par prévention. »

(*Id. pour Ligarius.*)

« La république est sortie enfin de cette guerre déplorable; la victoire est demeurée à celui dont la vengeance, loin d'être aigrie par la fortune, devait être
adoucie par la bonté, et qui ne jugeait point digne
d'exil et de mort quiconque aurait mérité son ressen-
timent. Enfin tous on quitté les armes, les uns volon-
tairement, les autres en se les faisant arracher. Déli-
vré des périls de la guerre, c'est être ingrat, c'est
être injuste de garder un cœur armé. »

(Pour Marcellus.)

Je n'alléguerai point ici que le général Alix n'avait
point de commandement au retour du Roi, qu'il n'est
pas plus coupable que ceux qui l'ont précédé dans la
carrière de la défection, qu'on l'a choisi au hasard,
et que la maxime du sacrifice d'un seul pour le salut
de tous n'est juste que quand elle est dans la bouche
d'un digne et vertueux patriote qui se dévoue volon-
tairement et par devoir à la patrie. « Loin qu'un seul
« doive périr pour tous, tous ont engagé leurs biens
« et leurs vies à la défense de chacun d'eux, afin que
« la faiblesse particulière fût protégée par la force
« publique et chaque membre par tout l'état (1). »

C'est à un juge que je tiendrais un pareil langage,
et c'est à un père à qui je m'adresse. Je mets encore
plus de confiance dans la bonté de son cœur que dans
celle de la cause que je défends; et, empruntant encore
la voix de Cicéron que je ne puis trop citer, je lui
dirai : « Ne vous lassez pas de conserver des citoyens
vertueux qui ont failli non par animosité, ni dans

---

1) Rousseau, *Discours sur l'Economie politique.*

aucune vue criminelle , mais par une idée de devoir peut-être fausse , mais toutefois innocente, et par une apparence de bien public qui les a séduits. Car ce n'est pas votre faute si quelques-uns vous ont craint, mais c'est pour vous le plus beau des éloges que la plupart aient reconnu qu'ils ne devaient pas vous craindre. »

Depuis que la première édition de cet ouvrage a paru, le général *Allix* (1), qui occupe, je ne dirai pas ses loisirs, mais ses malheurs, d'une manière si honorable pour lui-même et pour son pays, vient de publier une *Théorie de l'Univers*, déjà justement estimée des savans de l'Europe.

On n'est pas plus brave que vous, disait le général en chef à Excelmans, revenant du combat de Wertingen, ombragé par les drapeaux de l'ennemi ; on n'aime pas plus son pays que vous, pouvait-on dire au même citoyen qui rejeta les bienfaits d'un roi, son ami, et revint vivre pauvre dans sa patrie.

De telles actions sont la plus éloquente des défenses ; et si la fatalité a entraîné de pareils hommes dans l'erreur, si des événemens plus puissans qu'eux ont décidé de leur conduite, aucun motif bas ne peut leur être supposé.

Nec pietate fuit, nec bello major et armis.

VIRG.

---

(1) C'est le nom du banni et non celui inscrit sur la liste et que nous avons employé. Il me semble que, dans la nature des délits que nous défendons, pas plus que dans les autres, on ne devrait accabler les prévenus et des erreurs à leur détriment, et des erreurs à leur avantage,

C'est un égarement et non pas un délit, le crime de
la circonstance, et non de la volonté.

> Voyez autour de vous les prières tremblantes,
> Filles du repentir, maîtresses des grands cœurs,
> S'étonner d'arroser de larmes impuissantes
> La généreuse main qui sécha tant de pleurs.
>
> Volt., au roi de Prusse.

S'il est un banni digne de la clémence royale,
c'est le général Excelmans : la faute d'un jour n'efface
les vertus de toute une vie. Est-il un lieu dans l'univers plus digne de posséder tant de mérite, que le
sol qui l'a enfanté? J'en atteste ici tous ceux qui ont
combattu avec lui, tous ceux qui l'ont connu. Et cet
homme généreux qui ne respire que pour sa patrie
mourrait ailleurs que dans sa patrie ! nous conservons
les monumens de son courage, et son corps ne pourrait pas avoir une sépulture en France ?

Tous les proscrits ne se présentent pas à nous envi-
ronnés de cette auréole de gloire militaire, mais il est
des services rendus dans les cabinets non moins glorieux que ceux des camps; et si c'est un art différent,
les résultats n'en sont pas moins importans pour un
état. Le duc de Bassano a conclu les traités de Pres-
bourg, de Tilsitt, et de Vienne; son nom est associé
aux fastes de la diplomatie, et sa vie nous a offert
l'exemple du talent s'élevant de l'obscurité au poste
le plus éclatant. La faveur dont il a joui a été aux yeux
de beaucoup un crime ; on lui a reproché son fana-
tisme pour Napoléon, comme si la cabane et les palais
des rois n'en avaient pas offert les mêmes exemples.
On veut qu'il ait participé au retour de Bonaparte :

mais quelle récompense a signalé ce service, quelle voix s'en est alors vantée? Suppose-t-on que les adhérens de l'usurpateur aient été plus modestes que ne le sont ordinairement ceux qui se précipitent au secours du vainqueur? Les Français savent-ils conspirer? Pendant onze mois on n'a rien pu découvrir, quand une pareille intelligence nécessitait des voyages, des correspondances avec un prisonnier. De pareilles menées seraient restées secrettes et sous le pouvoir qui les récompensait et sous celui qui les punissait? faut-il n'admettre l'absurde que quand il s'agit de frapper? Le duc de Bassano a repris du service; mais n'oublions pas que Napoléon a été son bienfaiteur, que les lois ne condamnent pas un fils qui sauve son père, et que les liens de la reconnaissance sont sacrés comme ceux de la nature.

Nous avons en vain cherché quels pouvaient être les titres du colonel Marbot au bannissement. La lettre magnanime du prince d'Eckmühl du 27 juillet 1815, au ministre de la guerre, semble indiquer sa conduite à Valenciennes; mais qu'a-t-elle de particulier qui lui ait mérité ce triste privilège? Que les secrets du pouvoir sont terribles! la force doit-elle agir dans l'ombre et la justice s'environner des mystères du crime?

La vie de M. Félix-Lepeltier s'est écoulée au milieu des proscriptions : le 18 brumaire, le 3 nivose, l'ont vu en butte aux persécutions : il ne sortait d'un cachot que pour être jeté dans un autre. Le directoire et Bonaparte lui avaient voué leur haine. Son républicanisme opiniâtre n'a pu s'accommoder avec aucun gouvernement. L'âge va glacer cette ardeur peut-être trop vive. Quoi de plus propre à le réconcilier avec les rois que de lui faire apprécier la plus belle prérogative de la royauté, le droit divin de la clémence, comme l'appelle Cicéron !

> En gagnant tous les cœurs il les a tous unis,

disait-on de Henri IV.

Ce n'est pas d'avoir exhumé Napoléon de son tombeau politique que M. Boulay de la Meurthe me semble accusé : il vivait à cette époque dans la retraite la plus profonde, sans emploi du gouvernement, sans lui avoir prêté de serment, tranquille et soumis. La mémoire de ses services le fit appeler à la place de sous-secrétaire d'état à la justice, où sa conduite prouva du moins qu'aucun esprit de parti, qu'aucune passion ne l'avait animé : car sous les ordres de M. Cambacérès, ni pendant qu'il fut ministre lui-même, nul de ses subordonnés ne fut privé de sa place.

Son opinion a été contraire au rétablissement de la famille royale, il est vrai ; mais il faut se rapporter aux circonstances, il faut voir quelle ligne de devoirs M. Boulay de la Meurthe avait embrassée ; il faut se rappeler Bonaparte menaçant de se remettre à la tête de ses partisans. Au reste, personne ne s'est soumis plus franchement que M. Boulay au gouvernement existant, se ralliant au Roi, déclarant qu'il n'y avait d'espoir que dans cette réunion : Français avant tout, et rien que Français.

Il y a sur la liste fatale des noms *étonnés de se trouver ensemble ;* la proscription, comme la mort, a nivelé tous les rangs et confondu toutes les célébrités. Puisse du moins cette alliance bizarre servir à couvrir de la gloire des uns, les égaremens des autres, et envelopper dans l'innocence de plusieurs les graves soupçons qui pèsent sur quelques-uns d'entre eux !

Au reste, nous ne devons croire qu'aux jugemens et non aux accusations. Un homme est innocent aux yeux de la loi, tant que son crime ne lui a pas été prouvé, et la société ne saurait être plus sévère que la justice. Telle est la position de Mehée de la Touche : on lui attribue un billet fameux que Brutus aurait trouvé atroce ; il le nie ; on lui a imputé des actions dont rougirait le républicain le plus farouche ; un arrêt solennel l'a vengé de ses accusateurs. Sa conduite antérieure à la restauration est sous la sauve-garde de la Charte ; sa conduite pendant les cent jours est sous celle de l'amnistie même du Roi, qui n'a voulu punir que ceux qui ont conspiré le renversement de l'autorité légitime avant le 23 mars.

> *Nos patriæ fines et dulcia linquimus arva;*
> *Nos patriam fugimus!*
>
> Virg.

s'écriaient les pâtres de Virgile, et leurs plaintes touchantes ont retenti dans tous les cœurs bien nés ; le malheur n'a pas inspiré des accens moins éloquens à quelques-uns de nos proscrits, que le métier des armes n'a pas enlevés au culte des Muses, et dont l'étude charme encore les respectables douleurs.

« Adieu, France, écrit le lieutenant-général Fres-
« sinet ; adieu, patrie adorée, si célèbre par de grandes
« actions, si malheureuse dans tes revers ; adieu, terre
« chérie, si douce à tes enfans, si féconde en hommes
« confians, énergiques et braves ; adieu !

« C'est au fond d'un vaisseau où la proscription
« l'a forcé de se jeter, et qui le transporte avec sa
« famille dans des contrées lointaines ; que, plein
« d'une douleur courageuse, fixant ses regards vers
« le ciel et sa pensée vers l'avenir, un de tes plus
« zélés défenseurs s'éloigne et t'adresse encore les
« vœux qu'il a formés pour toi ; adieu donc, patrie
« que j'idolâtrai toujours, et que j'idolâtrai pour
« elle-même. »

Et après avoir raconté avec le noble orgueil de l'adversité quelques traits de sa carrière militaire, il ajoute : « C'est ainsi qu'au milieu de la vie la plus
« errante, la plus agitée, soldat, mais toujours ci-
« toyen, je te consacrai, ô mon pays ! des travaux
« pénibles, mes jours, mes veilles, mon sang, toutes
« mes facultés. »

La France elle-même semble avoir parlé ce langage. Les opinions du général Fressinet ont été trop prononcées contre le retour des Bourbons ; mais l'ordonnance ne porte que sur des faits caractérisés, et non sur des opinions. Il a cru que c'était le bien de son pays, et il a parlé dans ce sens.

« Partout où la loi qui punit les paroles est établie,
» la liberté n'y est plus, mais son ombre même. »

MONTESQUIEU, Esprit des Lois.

Il y a dans la résistance des nuances et dans l'erreur des degrés. Il est malheureusement de ces actes dans la vie qui décident de sa direction et qui ôtent la liberté d'en changer. Les fautes s'enchaînent, et il n'appartient qu'à la magnanimité de mettre un terme à cette solidarité funeste, qui, comme la fatalité des anciens, poursuit sa victime, et ne s'arrête qu'au tombeau. C'est ainsi qu'Auguste désarma son assassin, en lui montrant une générosité plus inépuisable que sa haine. Les noms de MM. Thibaudeau, Garnier de Saintes, Merlin de Douai, Garreau et Barrère, se trouvent sur une double liste de condamnation. J'aurai l'occasion d'examiner tout à l'heure jusqu'à quel point leur exclusion du territoire est constitutionnelle, et si l'on ne doit pas respecter les pactes les plus saints, et les promesses les plus solennelles, même à l'égard de ceux qu'on regarde comme ses ennemis les plus coupables. Rappelons-nous seulement ici que Henri IV, à son entrée à Paris, pardonna même aux seize.

M. Carnot peut invoquer des droits non moins respectables que ceux de la clémence et de la loi : il a servi l'état ; et que l'esprit de parti veuille bien se prêter à cette idée, qu'on sert aussi le roi en France en servant des Français.

Celui qui fut accusé de modération en 93, qui fut proscrit au 18 fructidor comme royaliste et comme protecteur des émigrés, qui protesta seul contre l'avénement de Napoléon au trône, et resta son austère censeur ; après avoir été le père des soldats pendant vingt ans et le sauveur miraculeux d'une partie de la France, incorruptible, soumis au gouvernement, incapable de conspirer, et ne possédant, à la suite de tant de commandemens, que douze cents francs de rente, peut mettre un poids immense dans un des bassins de la balance.

Le général comte Vandamme, fait prisonnier à la bataille de Kulm, transporté à Moscow, et plus tard à Viatka, sur les frontières de la Sibérie, ne rentra sur le sol français que le 1er. septembre 1814. Empressé de continuer à servir l'état, il veut se présenter à la cour. L'ordre lui est intimé de se retirer de l'audience de S. M., et quelques jours après il reçoit l'injonction de sortir de Paris dans les vingt-quatre heures. Il obéit, respectant la volonté du ministre du roi, et espérant dissiper par sa soumission une partie des préventions qui subsistaient contre lui. Sujet fidèle au premier appel que le Roi fait aux Français, il offre ses services, ils ne sont point accueillis. Louis XVIII avait déjà quitté Lille et la France, lorsque le général Vandamme abandonna sa retraite et accepta les armes qui lui furent offertes contre l'ennemi de son pays.

Par son habileté à la retraite de Waterloo, il sauva, quoique blessé, un corps d'armée qui protégea la convention de Paris, conservant la discipline la plus rigoureuse, et faisant un des premiers son acte de soumission au Roi dans la capitale.

Le lieutenant-général Lamarque reçut l'ordonnance du 24 juillet à la tête de ses troupes, aigries par les revers, et dévouées à leur chef. Il passa sans résistance, presque sans murmure, du commandement au banc des accusés, ayant à présenter pour sa défense, même pour sa gloire, la guerre qui a paru devoir faire sa criminalité.

C'est surtout aux postes difficiles qu'il est glorieux de se bien conduire. Le mérite d'une action se mesure à ses dangers, à ses obstacles. Le général qui revient de la guerre civile environné de l'estime de ses adversaires, qui s'offrent à combattre sous lui les ennemis communs de leur pays, peut offrir en égide le trait qui le menace.

La guerre de la Vendée, sans utilité pour la France, dont les destinées se fixaient sur un plus grand théâtre, fut terminée par lui en quatorze jours. Il désarma ces courageux royalistes, plus par sa générosité que par ses armes, respectant leurs propriétés, révérant leurs temples, renvoyant leurs prisonniers, soignant les blessés. Le seul sang qui ait coulé, hors des combats, est celui de ses propres soldats, qu'une discipline sévère devait contenir. L'humanité n'oubliera pas cette modération admirable qu'il témoigna à un Vendéen (M. Lelasseux), qui, trois heures après que le feu fut éteint, tira sur lui un coup de carabine à double détente, fut saisi par ses soldats, qui voulaient l'immoler, et dut la vie et la liberté à sa clémence.

Ces nobles sentimens n'ont jamais cessé d'être dans le cœur du général Lamarque. A une campagne non moins déplorable, celle d'Espagne, il eut la satisfaction de voir, après quarante batailles, les Catalans le recommander à leur Roi.

Nous avons en vain cherché quels sont les motifs qui ont pu faire bannir le comte de Lobeau ; nous n'avons pu trouver ni accusation ni défense.

Plein de confiance dans l'équité généreuse du Monarque, et persuadé que les mesures illégales n'ont qu'une durée passagère sous un Prince qui répare l'injustice sitôt qu'il la connaît, et protège les imprescriptibles droits de la Constitution, son ouvrage, le général Mouton s'est soumis, même sans se plaindre.

Nous avons soigneusement scruté sa vie pour dresser son acte d'accusation ; nous n'avons trouvé que du mérite sans intrigue, de la valeur sans bassesse ; des faveurs, mais des services. Il a défendu notre indépendance et l'honneur de nos armes à Waterloo ; mais, comme le reste de la France, son sang y a coulé, et l'a forcé, moins heureux que ses compagnons d'armes, de se rendre, ne pouvant y mourir.

Si d'avoir été à Waterloo est un tort, la gloire et le malheur sont là pour l'absoudre.

On est péniblement affecté de voir sur une liste où se trouvent tant d'hommes vieillis dans les camps, ou blanchis dans l'administration, le jeune neveu de Luce de Lancival. Le bannissement est bien sévère à l'égard d'un homme encore à la fleur de l'âge, et que la jeunesse protége de ses priviléges. M. Harel a cru devoir défendre avec chaleur les intérêts qui lui avaient été remis. Il s'est senti rattaché à un ordre de choses sous lequel il était né, et auquel il avait consacré les premiers efforts de son talent. La confiance qu'on lui a témoignée a gagné tout son cœur, et les droits de Bonaparte à sa reconnaissance lui ont fait illusion sur ses droits au trône.

« Et comme Dieu me pardonne, ainsi je veux par-
« donner, disait Henri à ses courtisans, et, en ou-
« bliant les fautes de tous, être encore plus clément
« et miséricordieux que je n'ai été. S'il y en a qui se
« sont oubliés, il me suffit qu'ils le reconnaissent ; et
« qu'on ne m'en parle plus. »

Emigré, débarqué à Quiberon, chouan sous MM. de la Puysaye et Georges, le marquis de Piré a donné à la cause royale, jusqu'au dernier moment, les éclatans témoignages d'une généreuse fidélité.

Ce n'est que quand les destinées de la France semblèrent irrévocablement remises en d'autres mains, que M. de Piré se décida à ne pas laisser oisive une épée qui pouvait être utile à la patrie, honorant encore par ses exploits la bannière qu'il avait suivie. Le Roi confondit tous ses services dans une même récompense, et le général Piré fut nommé au commandement d'un des départemens du Midi. C'est là que, méconnaissant les nouveaux engagemens qu'il avait contractés, il ne sut pas résister aux séductions de son ancien chef, et combattre ses compagnons d'armes. S'il s'arma plus tard du glaive de la guerre civile, ce fut pour y mettre un terme ; et, puisqu'il devait se rendre coupable, je suis tenté de le féliciter d'avoir eu pour adversaire S. A. R. le duc d'Angoulême, dont nul n'oubliera la devise, digne du grand Henri.

Il est des hommes dont le nom seul repousse toute accusation, et dispense de tout éloge. Tel est celui de M. Arnault. On ne se demande pas de quel motif, mais de quel prétexte on a pu s'appuyer pour l'inscrire sur la liste fatale. Etranger, par principes et par sentiment, aux troubles qui, à diverses époques, ont agité la France, il a traversé, à l'ombre de ses palmes littéraires, l'orage qui grondait sur toutes les têtes ; ami du général Bonaparte, sans être devenu le courtisan de l'empereur, il ne devait qu'à des succès en littérature, et à quinze ans de travaux dans l'instruction publique, la fortune modeste dont il jouissait.

En 1814, les Français furent déliés de tout serment. Une vieille et respectueuse affection conduisit M. Arnault au-devant du Prince auprès duquel il avait été jadis employé, et dont il n'avait cessé de plaindre les malheurs; mais, fidèle à son noble caractère, il se tint éloigné de cette nouvelle cour, comme il s'était tenu éloigné de l'ancienne, ne voulant devoir qu'à la continuation de ses travaux la continuation de son bien-être.

Compris dans les réformes faites par le ministre de l'intérieur, il supporta, sans se plaindre, un malheur qui ne lui fut douloureux que parce qu'il s'étendait sur sa famille.

Rappelé, dans les cent jours, aux fonctions qu'il avait exercées quinze ans, et chargé un moment du portefeuille de l'Université, quelle que fût l'opinion des individus, il ne vit que leur utilité. Toutes les existences furent non-seulement respectées, mais défendues par lui; et cette époque difficile de son administration a, plus que toute autre, appelé sur lui les affections nombreuses qui l'ont accompagné dans son exil.

Député et, pour la première fois, membre d'une assemblée politique, il ne monta à la tribune qu'au moment où le silence devenait une lâcheté; il y parla non contre les personnes, mais pour la patrie.

Exilé de Paris, banni de France, poursuivi sur le sol étranger, il ne s'est pas démenti un seul instant; plein d'une noble reconnaissance pour d'anciens bien-faits, plein d'un respect religieux pour le pouvoir déchu (sentiment dont il a constamment donné la preuve), toutefois ses premiers vœux, ses premières affections, n'ont pas cessé d'être pour son pays. Sa plume et sa lyre lui furent consacrées, et aujourd'hui même, du fond de sa retraite, c'est encore à la France qu'il adresse l'hommage des travaux de toute sa vie.

L'inimitié la plus implacable ne saurait rien changer à ce que je viens de dire sur cet homme, regretté à tant de titres ; d'où part donc le coup qui l'a frappé ? d'où vient donc cette étrange proscription ? Chacun s'en étonne, personne ne l'explique : c'est sous un Prince ami des lettres, qu'un littérateur est proscrit ; c'est sous le règne de la justice, qu'un homme irréprochable est condamné sans jugement ; c'est à l'époque où un Roi légitime recouvre son trône, qu'un citoyen perd sa patrie. Ici une main invisible et malfaitrice ne se fait que trop sentir, et l'autorité royale est évidemment compromise dans l'accomplissement d'une vengeance particulière : elle saura sans doute, cette autorité, réparer le mal qu'elle n'a point fait. Elle finira, sans doute, une injustice qui ne peut être imputée qu'à deux ministres pervers ; elle rendra un homme excellent, un littérateur distingué, un Français sans reproche, à ses amis qui le regrettent, aux Muses qui le rappellent, et à la France entière qui le réclame.

Ce que nous avons dit de MM. de Bassano et Boulay de la Meurthe, s'applique également à M. le comte Regnaud et au général Pommereuil. Aucun d'eux n'avait prêté de serment au Roi, et n'en avait reçu de fonctions. Ils ne lui devaient d'autre fidélité que celle qui lie tout citoyen au Gouvernement et à la Charte constitutionnelle.

M. de Pommereuil est recommandable à plus d'un titre : après avoir porté les armes avec éclat, il ne se montra pas moins habile en administration, et subit l'épreuve difficile de la révolution française avec cette réputation sans tache qui fait aujourd'hui toute sa fortune. Ami de la liberté, mais ennemi de la licence, il est attaché aux idées généreuses par les premiers travaux de sa vie, à l'ordre et à la tranquillité par ses habitudes et son caractère.

M. Regnaud de Saint-Jean d'Angely, membre de l'assemblée constituante, y manifesta toujours les opinions les plus prononcées pour la monarchie constitutionnelle. A la fédération de 92, il commandait une partie de la garde nationale qui sauva le Roi; au 10 août, il marchait à la défense des Tuileries. De concert avec M. André Chénier, dont il était le collaborateur dans la rédaction de plusieurs journaux, il se présenta pour défendre le Roi devant la convention. Plus tard ces deux amis se réunirent au chevalier d'Ocaris, chargé des affaires d'Espagne, pour concerter les moyens de sauver Louis XVI. Les fonds attendus d'Espagne pour l'exécution de ce projet, n'arrivèrent pas : ce qui le fit échouer. Après la catastrophe du 21 janvier, M. Regnaud partit pour l'armée ; mais, arrêté à Douai, il fut ramené à Paris par la gendarmerie. S'étant échappé, un décret le mit hors la loi ; ce ne fut qu'à la mort de Robespierre qu'il reparut.

Après le 13 vendémiaire, où il s'était rangé du côté des sections, poursuivi de nouveau, il se rendit en

Italie, où le général en chef lui confia une administration militaire. Par la suite il fit partie de l'expédition d'Egypte jusqu'à Malte. Une maladie grave l'ayant forcé de s'y arrêter, le général Bonaparte l'y nomma commissaire du Gouvernement. Cette nomination ne fut pas approuvée du directoire, et M. Regnaud était menacé de persécutions nouvelles, quand le 18 brumaire arriva.

Ramener le Gouvernement à un système d'unité dans le pouvoir exécutif, c'était faire un grand pas vers la royauté constitutionnelle. M. Regnaud participa à cette révolution. Défenseur du trône au 10 août, il travaillait à le rétablir au 18 brumaire.

Administrateur, son nom se rattache à tout ce qui a été fait de grand et d'utile pendant quinze ans.

Jurisconsulte, il travailla au plus beau monument de la législation moderne, au Code civil.

Orateur, il s'exprimait dans le conseil avec franchise, et savait donner à ses discours ces formes séduisantes qui apprivoisent avec la vérité.

On s'appuie de ses discours publics pour lui reprocher d'avoir été l'instrument aveugle de Napoléon. Dans les conseils, il pouvait émettre son opinion particulière; davant les corps constitués, n'étant que l'organe du Gouvernement, l'opinion qui avait prévalu devenait la sienne. Ce principe est de tous les temps; et nous avons vu, en 1815, un ministre (M. de Vaublanc) perdre sa place, pour avoir manifesté, dans une séance de la Chambre des députés, son opinion personnelle au préjudice de l'opinion du conseil des ministres.

Après les désastres de Moscow, M. Regnaud se prononça fortement pour la paix.

Après ceux de Leipsik, il réitéra ses instances, et s'opposa au renvoi du corps législatif, qui eut lieu à cette époque.

M. Regnaud devait sa faveur à son utilité ; et souvent il en profita pour adoucir des malheurs semblables à ceux qui l'accablent aujourd'hui.

Durant la première restauration, M. Regnaud s'éloigna entièrement des affaires, s'interdit même les propos les plus indifférens sur le Gouvernement établi, et se retira à la campagne. Il s'y livrait à la culture des lettres, qu'il n'avait pas négligées, même au temps de sa fortune, quand le 20 mars arriva.

Un pouvoir de fait existait, la patrie était menacée ; aucun serment, aucun bienfait particulier ne liait M. Regnaud.

Durant les cent jours, M. Regnaud combattit l'acte additionnel, et s'opposa surtout à la confiscation ; après Waterloo, il contribua à empêcher la formation d'une convention nationale, qui pouvait nous ramener toutes les horreurs de l'anarchie.

Inscrit sur les listes d'exil, il se retira aux Etats-Unis d'Amérique, et l'état de sa santé seul le força après deux ans de séjour, de revenir en Europe, où il est la proie de toutes les infortunes.

Telle est la vie politique de M. Regnaud.

Le duc de Padoue était attaché à Bonaparte par plus d'un lien : issus du même sang, nés sur le même sol, compagnons de fortune et de gloire, ils ont partagé les mêmes succès et partagent les mêmes revers. L'éloignement de l'un est nécessaire à la tranquillité de notre patrie, à celle du monde ; l'éloignement de l'autre, sans utilité, sans intérêt pour la société, accuserait d'une rigueur trop constante un gouvernement essentiellement paternel. Une des premières maisons de France déplore dans le général Arrighi un de ses membres ; tant d'existences se groupent autour d'un individu ! et le châtiment a cela de terrible, qu'il s'étend au-delà de son objet. Les Montesquiou peuvent joindre avec orgueil l'illustration récente du duc de Padoue à l'antique illustration de leur nom, pour obtenir l'oubli de ses torts voilés par tant de gloire.

Nous n'élèverons pas notre voix en faveur du général Dejean, quelque peu mérité que nous ait paru son exil. Il a près du trône un défenseur bien plus éloquent que nous ; et la voix d'un père aura bien su trouver le cœur d'un monarque qui est aussi le père de ses sujets. Siéger près du trône, c'est être aux sources de la clémence ; et si nous formons des vœux, c'est pour que le légitime espoir de M. le comte Dejean soit partagé des compagnons d'infortune de son fils. Ils voient en lui l'organe de leurs respectueuses douleurs près de la miséricordieuse justice du Roi.

M. le comte Réal a embrassé avec chaleur les opinions qui ont fait la révolution ; à cette époque, comme à une époque plus récente, l'enthousiasme devint le législateur de la France. L'esprit supérieur de M. Réal ne tarda pas à s'apercevoir que dépasser le but, c'était le manquer ; qu'on n'avait élevé la liberté que sur le sable mouvant de l'anarchie ; et il fut un des premiers à aider à la centralisation du pouvoir, changeant de moyens, mais non pas d'intentions. Dans les emplois dont depuis M. Réal a été revêtu, il n'a cessé d'avoir pour guides la modération et la sagesse, ornemens de la force. On se plaît à rendre justice même à sa conduite pendant les cent jours, où il n'a eu que le tort de défendre une mauvaise cause avec des armes dignes de la bonne.

« La vie de l'homme, dit Pausanias, est si chargée « de vicissitudes, de travers et de peines, que la mi- « séricorde est la divinité qui mériterait d'avoir le plus « de crédit. Tous les particuliers, toutes les nations « du monde, devraient lui offrir des sacrifices, parce « que tous les particuliers, toutes les nations en ont « également besoin. »

« Je ne vois dans un noble paisible, qui se soumet aux lois, qui acquitte ses contributions et se montre bon Français, qu'un compatriote, un citoyen, un ami.

« Dans tous les cas, vous devez l'appui de votre autorité aux personnes qui seraient en butte à d'injustes persécutions, et en poursuivre rigoureusement les auteurs. Il ne faut pas que des malveillans profitent de l'élan patriotique de toutes les classes de citoyens pour satisfaire leurs passions ou leurs vengeances personnelles. Nous ne voulons pas plus des sanglantes horreurs de l'anarchie, que l'engourdissement l'éthargique de la servitude........ En un mot, les opinions antérieures ne sont rien, la conduite actuelle est tout. »

Tels étaient les sentimens qu'exprimait à ses administrés, pendant la crise politique dont il est victime,

M. Bouvier Dumolard, préfet de la Meurthe ; et il semble qu'il ait tracé lui-même les règles avec lesquelles il voulait être jugé.

Aristide trouvait la peine du talion barbare, et prétendait *qu'il serait absurde de justifier et d'imiter ce que l'on condamne en autrui comme une mauvaise action ;* mais si cette loi des livres sacrés nous paraît également trop rigoureuse, la justice et l'humanité veulent que nous l'invoquions en leur faveur. L'innocence accusée doit pouvoir trouver des armes pour se défendre, là où l'on n'en trouve pas pour l'attaquer. M. Bouvier Dumolard s'est présenté au tribunal élevé qui devait examiner sa conduite, avec l'imposant cortège des suffrages qu'avait reçus sa vie entière. Il n'a point trahi, puisque la trahison était devenue impossible quand il a accepté un emploi ; il a fait tout le bien qu'il pouvait faire, et empêché, autant qu'il était en lui, tout le mal qui pouvait être fait. Il n'est arrivé à la chambre des représentans que dans les derniers momens de son existence, et n'y a exprimé aucune opinion, manifesté aucun sentiment, qui ait pu devenir un sujet de reproche.

Les opinions émises dans le sein de cette assemblée sont devenues, pour d'autres que M. Dumolard, un chef d'accusation. Parmi ceux-là, est évidemment M. Durbach, que ses amis seraient trop justement étonnés de voir bannir à titre de conspirateur. Il l'écrit au proscripteur Fouché :

« Si les opinions que j'ai manifestées dans ma car-
« rière politique ont pu déplaire, c'est un malheur ;
« mais loin d'y trouver la marche d'un conspirateur,

« on a dû y reconnaître toujours le caractère d'un ci-
« toyen franc et loyal, étranger à tout esprit de parti
« comme à toute ambition, dont l'unique désir a été
« de voir la France, après vingt ans de sacrifices et
« de malheurs, jouir enfin d'une constitution qui as-
« surât la liberté, le repos et le bonheur de la nation,
« et garantît au trône toute la force et l'éclat qu'il
« devait avoir pour le bien même du peuple. »

Qu'il me soit permis d'élever quelques doutes à
l'égard de la responsabilité qu'on veut faire encourir
aux membres de la chambre des représentans. A-t-
on le droit d'attaquer des votes émis sous l'égide de
l'inviolabilité, et cette inviolabilité ne doit-elle pas
environner même les députés du peuple élus pendant l'absence du gouvernement héréditaire ?

Que fût devenue la France sous la dictature de Bonaparte, renfermant en elle tous les élémens de l'a-
narchie ? que fût-elle devenue, surtout après les désastres de Waterloo, si des hommes intrépides ne
s'étaient exposés au double danger de braver le conquérant victorieux, ou d'éprouver la haine de ses
ennemis s'il tombait vaincu ?

M. Durbach était du nombre de ceux qui lui arra-
chèrent un sceptre alors trop pesant pour tous, et
mérita ainsi, avec ses collègues, la reconnaissance
de la patrie.

Les argumens que j'ai déjà présentés s'appliquent
avec une égale force à M. le comte Defermont, à
M. Bory de Saint-Vincent, à M. Félix Desportes, que le
département du Haut-Rhin se félicite d'avoir eu long-
temps pour son préfet.

M. Defermont fut constamment porté aux fonctions éminentes qu'il a remplies , par le choix de ses concitoyens; à l'époque de 1789 il professait ouvertement les principes qui sont encore dans son cœur, et qui sont consacrés par la Charte constitutionnelle donnée par le Roi. Il a fait tout ce qui était en son pouvoir pour prévenir ou pour arrêter les excès ; et sa fermeté à la convention nationale lui attira la mise hors la loi du 28 juillet 1793. Dans un temps de funeste mémoire où toutes les passions étaient déchaînées, où il fallait être complice ou victime, où l'échafaud punissait incessamment un mouvement d'humanité, il refusa de voter la mort du monarque, et eut le courage, sur la question de l'appel au peuple, de dire : « Et moi aussi, j'ai eu de mes commettans des pouvoirs illimités, mais je crois devoir les limiter dans cette circonstances; je dis oui. »

Voici comme M. le comte Defermont se justifie d'avoir repris ses anciennes fonctions pendant les cent jours :

« J'apprends dans ma retraite, par les feuilles publiques, la descente de Bonaparte au golfe Juan, son entrée à Grenoble et à Lyon, sa marche sur Paris; la nouvelle du départ du Roi m'est à peine parvenue, qu'elle est suivie de celle que Bonaparte est arrivé dans la capitale, de la reprise qu'il a faite des rênes du gouvernement, du rappel de ses ministres, et même des divers fonctionnaires qui avaient occupé des places sous le gouvernement royal. Tous sans doute, en acceptant, avaient été entraînés par le désir de garantir la patrie des désordres de l'anarchie ou des déchiremens de la guerre civile. Je fus rappelé au conseil d'état ; comment me ferait-on un crime d'a-voir accepté comme les autres? comment me jugerait-on plus coupable que ceux appelés par le Roi à son service ?

« Or, si l'on ne peut me faire un crime d'être ren-tré au conseil d'état, on le peut encore bien moins de ce que j'ai rempli mes fonctions avec honneur et loyauté. Les personnes dont je suis connu me ren-dront, je l'espère, la justice d'attester que j'ai toujours été éloigné de la basse adulation et de la corruption, et que je n'ai jamais été séduit par les illusions de la fortune ; je n'ai pas à rougir de celle que je possède : elle est médiocre, et je pourrai facilement la justifier aux yeux des censeurs les plus sévères.

« Ce ne fut que par dévouement à la patrie que je me déterminai à quitter ma retraite ; c'est le même dévouement qui dicta toujours mes opinions : elles ont constamment tendu au maintien du régime cons-titutionnel et à éteindre les germes de discorde entre les Français. »

Le colonel Bory de Saint-Vincent est trop jeune pour avoir participé aux excès de la révolution. Il a honoré les lettres et les armes ; l'énergie de son patriotisme a fait l'exaltation de ses opinions. Depuis trois ans, puni d'avoir fait le bien autrement qu'il ne s'est opéré, il est, avec une santé altérée par les fatigues de la guerre, chassé de sa patrie naturelle, chassé de sa patrie adoptive, chassé de tous les pays, excepté de ceux où la captivité l'attend.

La loi de l'univers, c'est malheur aux vaincus!

Il ne me reste plus à parler que des vertus privées
des autres bannis, car leur position n'a pas été telle
qu'ils aient pu fixer sur eux l'attention publique, et
que leurs actions, bonnes ou mauvaises, aient pu in-
fluer sur le sort de la France dans le passé ou dans
l'avenir. A part l'ancien préfet de police Courtin et
le général Hullin, gouverneur de la première division
militaire, les noms de MM. Dirat, Mellinet, Cluys et
Lelorgne Dideville ont, sur la liste d'exil, frappé pour
la première fois les yeux de l'Europe étonnée.

Le général Mellinet est connu dans l'armée comme
un guerrier plein de loyauté et de valeur, et, dans les
sociétés de Paris, comme homme du monde plein
d'agrément et d'esprit ; mais la douceur de ses mœurs,
l'aménité d'une vie partagée entre les sciences et les armes, repoussent toute idée de conspiration et de danger.

M. Dirat porte évidemment à tort la responsabilité
d'un pamphlet dont je ne veux pas justifier l'inten-
tion, mais qui a paru avec l'autorisation du gouvernement, sous la censure, et dont peut-être le plus
grand crime, après tout, est d'avoir fait rire aux
dépens de quelques insectes littéraires que les fermen-
tations politiques font éclore.

Le général comte Hullin peut offrir pour garantie
son dévouement même à Napoléon, tant qu'il a été
de fait le chef de l'état. La fidélité à un gouvernement
est le plus sûr gage qu'il puisse donner à l'autre. Les
traîtres seuls sont dangereux, parce qu'ils ne sont
fidèles qu'à une seule chose, leur système de trahison.
Si son nom se trouve associé à un forfait de Bonaparte,
que ses amis et ses ennemis ont également déploré,

l'on sait assez qu'inaccessible aux raisons d'une politique criminelle, on ne peut l'y contraindre que par la violence; qu'il y fut appelé par état et non par sentiment, et qu'il a toujours désavoué une faute arrachée par la force, à la répugnance et à l'humanité. Cette tache, s'il en restait, serait assez lavée par son sang versé dans vingt batailles.

M. Courtin a eu le tort de demeurer pendant l'absence du Roi au poste qui lui avait été conservé par lui, avec la pensée, sans doute, qu'il valait mieux rester au timon pendant l'orage, que d'en laisser confier la direction aux mains inhabiles que le trouble rassemble. Mais nous voyons que ce motif n'a pas fermé le ministère à l'un des secrétaires d'état actuels. M. Courtin ne s'est pas opposé aux ordres qu'il recevait du Gouvernement provisoire : mais pouvait-il dans de si critiques momens prendre l'initiative? et si l'obéissance pour lui n'était pas un devoir, n'était-elle pas du moins un lien dans la situation où il était placé? Quand la tempête est passée, il est facile d'indiquer quelle route il fallait suivre.

Plus embarrassés peut-être que ceux qui paraissent devant un tribunal fameux, où on les oblige de dresser eux-mêmes leur acte d'accusation, MM. Lelorgne Dideville et Cluys pourraient chercher vainement la cause de la peine qui les frappe : qu'a leur conduite de particulier et quelle suprême raison d'état a porté le duc d'Otrante à arracher de l'obscurité de leur emploi des hommes tout au plus coupables d'avoir suivi le torrent, pour les présenter comme les perturbateurs de l'Europe ?

Leur exemplaire soumission , leur confiance respectueuse , doit assez leur faire espérer le jour de la clémence , si ce n'est celui de la justice ; et c'est d'eux
qu'on pourra dire qu'ils ont subjugué le malheur par
la vertu.

Tel aussi sera le sort du jeune comte de Forbin-
Janson, dont la famille entière a été proscrite et spo-
liée par fidélité pour le Roi. Celui-là ne peut pas
avoir été l'ennemi des Bourbons , qui a été volontaire
royal jusqu'au 23 mars , qui voyait son beau-frère
capitaine des cent-suisses accompagnant le Roi, son
frère aumônier général de l'armée de la Vendée , et
son père combattant sur les marches du trône. Il a
été aussi de ceux qui n'ont pu voir de sang-froid
menacer l'existence de leur patrie. Il a , comme ses
aïeux , pris les armes pour elle (1). Ce n'est pas de
cela que le Roi a voulu le punir, c'est d'avoir renversé
le trône : or il l'a défendu. A la Chambre haute où il
siégea , voulant sauver l'état , même aux dépens de
ses intérêts et de sa vie, il n'a jamais prononcé une
parole contraire au respect dû au Roi, également mo-
déré dans ses actions et dans ses discours.

Je le demande après cet examen , que la faiblesse
de mes moyens a pu seul rendre incomplet , quel est
parmi ceux qui ont accédé à une pareille mesure celui
qui a osé prononcer cette formule des jurés : *Sur mon
ame et conscience, devant Dieu et les hommes, je
jure que les trente-huit bannis sont coupables.* Et

---

(1) Le 20 mai seulement, M. le comte de Forbin fut attaché
à l'état-major de l'armée avec le grade de colonel.

souvenez-vous que le doute seul absout les accusés.

Mais, admettons que leurs crimes soient avérés, que Fouché de Nantes n'ait agi ni par passion, ni même par erreur, qu'aucune obscure intrigue ne lui ait à lui-même dirigé la main ; que les trente-huit de la fatale liste soient véritablement ceux que le Roi ait voulu punir comme la douleur de la France et l'effroi de l'Europe, la raison non moins que la politique ne conseille-t-elle pas de rappeler sous la surveillance du pouvoir intéressé ces dangereux agitateurs qui, dispersés sur le globe, pourraient soulever les passions contre nous et nous créer des ennemis ? Ne vaudrait-il même pas mieux, dans ce cas, les rendre impuissans à force de clémence ?

Les uns, gorgés de richesses, vont consommer ailleurs des capitaux si nécessaires à la France ; les autres, en proie aux horreurs de la misère, vont accuser l'ingratitude d'une patrie qui les rejette de son sein, après avoir prodigué leur sang, et les poursuit même au-delà de ses frontières pour des erreurs politiques.

. . . . Les grands politiques
Sont les cœurs généreux.

VOLT.

Enfin, innocens ou coupables, trois années de bannissement de leur douce patrie ne sont-elles pas assez de rigueur, et la France ne doit-elle pas leur accorder, du moins, l'asile que l'Europe leur refuse ? Un ministre, dont leur sort dépend en partie, a trahi ces sentimens généreux, en disant à la tribune nationale:

« Ces hommes peuvent revenir un jour dans leur
« patrie : les haines s'éteignent, et si l'on a comparé
« les rois à des pères de famille, ces pères repous-
» sent quelquefois leurs enfans égarés ; mais ne doi-
« vent-ils pas sentir quelque jouissance à les voir
« accueillir par d'autres familles ? »

L'ordonnance royale du 5 septembre a annoncé
qu'on rentrait dans la constitution, et l'ordonnance
du 24 juillet, qu'aucune loi ne pouvait sanctionner,
est inconstitutionnelle. Bien mieux, c'est la seule mesure arbitraire qui subsiste encore de toutes celles qu'a
provoquées la chambre de 1815, dont j'invoque l'exemple pour prouver où l'esprit de parti peut entraîner,
avec les intentions les plus pures.

Au ministère à qui nous devons l'ordonnance du
5 septembre, la loi des élections et celle du recru-
tement, nous lui devrons le rappel des bannis, et
tous les Français se réjouiront de cet heureux évé-
nement, non comme du salut de quelques particuliers, mais comme du salut commun de tous les
citoyens.

Déjà j'apprends que MM. Laurence, Gamon, Al-
quier, Dubois-Dubay, Poulain Grandpré et Rabaut
Pommier, ont éprouvé les bienfaits de la bonté
royale. Ils se sont trouvés parmi les juges de
Louis XVI, mais leurs votes étaient pour son salut
et non pas pour sa mort ; car, gagner du temps et en
appeler des fureurs d'une assemblée à la ratification
du peuple, c'était le sauver.

Sans doute ceux qui ont condamné Louis XVI sont
coupables ; mais n'accordera-t-on rien aux circons-

tances, ne fera-t-on pas la part de la faiblesse et de l'humanité placées entre les échafauds? L'article XI de la charte dit : *que toutes les recherches des opinions et votes émis jusqu'à la restauration, sont interdites*, et les suprêmes volontés de leurs victimes elles-mêmes protègent les régicides.

Une action non punissable en elle-même, ne peut pas être cumulée avec une autre pour en construire un crime nouveau; et les promesses surtout sont sacrées, là où elles sont indispensables.

Plus de trois mille familles sont plus ou moins intéressées à la rentrée des réfugiés de toute espèce ; elles l'espèrent de l'inépuisable clémence de notre monarque, de sa sagesse admirable, de sa royale magnanimité.

C'est en récompensant ainsi tous les services, sans faire acception des personnes et des époques, en pardonnant toutes les erreurs, en confondant toutes les volontés dans une seule, pour nous rendre invincibles par l'union, comme le pensait César (1), que Louis XVIII s'assurera dans nos cœurs le plus légitime et le plus durable des empires.

In mansuetudine opera tua perfice, et super hominum gloriam diligeris.

Eccl. c. 3, v. 19.

---

(1) Les Gaulois unis seraient invincibles.
César, Comment.

FIN.